niñera
de
monstruos

Título original: *The Altigators at Flat 25A*,
publicado por primera vez en el Reino Unido
por Hodder Children's Books,
una división de Hachette Children's Books
© Texto: Kes Gray
© Ilustraciones: Stephen Hanson

© Grupo Editorial Bruño, S. L., 2013
 Juan Ignacio Luca de Tena, 15
 28027-Madrid

www.brunolibros.es

Dirección del Proyecto Editorial: Trini Marull
Dirección Editorial: Isabel Carril
Coordinación Editorial: Begoña Lozano
Edición: Cristina González
Preimpresión: Equipo Bruño
Diseño de cubierta e interiores: Equipo Bruño

Traducción: © Begoña Oro, 2013

ISBN: 978-84-216-9976-8
D. legal: M-10847-2013
Printed in Spain

niñera de monstruos

LOS ALTIGATOR

B Bruño

KES GRAY

—Si los monstruos existen,
¿por qué nunca he visto uno, papá?
—preguntó Nelly.

—Porque nunca salen —contestó
su padre.

—¿Y por qué no salen?

—Porque nunca consiguen canguro
para que se quede cuidando
a sus hijos.

—¡Pues yo seré Nelly, la niñera
de monstruos!
—sonrió Nelly.

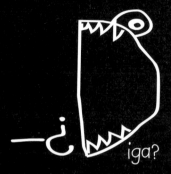

—¿ iga?

—Hola, Nelly —dijo una voz de monstruo—. Me llamo Soar, soy un Altigator y ojalá puedas ayudarnos a mi mujer y a mí.

—¿Es por un trabajo?

—¡No uses esa expresión, por favor! Contiene la palabra *abaj...ya-sabes-qué-más.*

Nelly no entendía nada, y la conversación se fue volviendo aún más y más rara...

—¿Puedes cuidar a nuestro *bebé* el miércoles por la tarde? Serán solo dos minutos.

—¿Dos minutos? —replicó Nelly, extrañada—. Querrás decir si puedo cuidarlo dos horas, ¿no?

—No, no. Dos minutos. Como es la primera vez... Si la cosa va bien, en la próxima ocasión puede que sean tres minutos, y de ahí ya iremos aumentando.

Nelly averiguó que Soar era un Altigator que vivía con *su* mujer y *su* hijo recién nacido en Torre Pastelito, un edificio muy alto situado al norte de la ciudad.

Torre Pastelito estaba demasiado lejos para un trabajo tan corto, y cualquier otra niñera lo habría rechazado.

Pero Nelly no era cualquier otra niñera...

—Allí estaré. ¿A qué hora?

—De seis a seis y dos de la tarde nos va perfecto. ¡Muchísimas gracias, Nelly!

—Entonces a las seis —sonrió Nelly—. ¿Debo llevar algo especial?

—Mmmmm... Tacones, si puede ser —respondió el Altigator.

—Me temo que no tengo tacones. Solo zapatos normales y deportivas —explicó Nelly.

—No te preocupes. Quizá baste con que andes de puntillas.

Sin duda, aquella era la conversación más rara que Nelly había tenido en su vida.

Cuando bajó a la cocina, aún seguía perpleja.

—¿Dónde tienes que ir esta vez, Nelly? —le preguntó su padre, que solía hacerle de taxista.

—A Torre Pastelito, el miércoles a las seis. Y necesitaré que me esperes, por favor...

—¿Cuánto tiempo?

—Dos minutos... O quizá menos.

 l miércoles por la tarde, Nelly se puso su jersey favorito (el que ponía «SARDINA») y subió al coche con su padre para ir a casa de los Altigator.

A lo lejos se veía el perfil de Torre Pastelito. Aquel gran edificio llevaba ya muchos años en pie, y se veía tan viejo que parecía estar derrumbándose poco a poco.

13

—¿Por qué no lo derribarán de una vez? —dijo el padre de Nelly—. Es un horror.

—Pero, papá, ¡ahí vive mucha gente! —replicó Nelly.

—Porque no tienen más remedio... —añadió su padre.

La mirases por donde la mirases, Torre Pastelito era espantosa. De color gris y muy sucia, *se elevaba* hacia el cielo con el mismo encanto que un *bloque de hormigón*.

Nelly saludó por la ventanilla del coche a un grupo de chicos que iban a su clase.

—¡Los conozco! —le dijo a su padre—. ¡Son muy majos!

14

—Pues qué pena que tengan que vivir aquí —comentó él mientras aparcaba.

—Vuelvo dentro de cinco minutos, papá. Bueno, a lo mejor son seis... ¡Los Altigator viven en el piso 25 y tengo que subir hasta ahí!

Nelly fue corriendo hasta el portal del edificio y pulsó el botón del 25-A en el portero automático.

El 25 era el último piso de la torre.

—¿Sí? ¿Quién es? —preguntó una voz.

—Soy Nelly, la niñera de monstruos. ¿Puedo subir?

—¡Ah, hola! Entra, por favor. Nos vemos arriba.

Nelly empujó la puerta.

La entrada del edificio era tan fea como el exterior, o más.

Había grafitis en las paredes y el vestíbulo apestaba a pis.

Al meterse en el ascensor, Nelly se tapó la nariz. Otra vez la peste a pis… y a más cosas asquerositas. Y también estaba lleno de pintadas, por fuera y por dentro.

«La verdad es que papá tiene ra-
zón», pensó. «Sería horrible tener que
vivir en un sitio así».

elly leyó las pintadas que la
eaban.

Syko (que «estubo akí»), y Ben (que
nvién estubo akí»), y Trudy (que «ha-
a a John»), tenían bastantes pro-
millas con la ortografía.

Al llegar a la planta 25, Nelly se
ó una sorpresa. Las paredes pare-
n recién pintadas y el suelo brillaba
uciente. ¡Aquello estaba limpísimo!

La puerta del piso 25-A (pintada de un bonito color azul y con una mirilla del tamaño de un plato de postre) empezó a abrirse y por ella apareció el morro verde y alargado de un reptil, unos brazos llenos de escamas y un cuerpo de piel tan gruesa como una armadura. En el centro de la cabeza tenía un enorme ojo naranja... ¡y llevaba unos zapatones con plataforma!

—¡Buenas y altas tardes, Nelly! —saludó el Altigator mientras una música rock a todo volumen inundaba el pasillo—. Yo soy Soar, esta es Rise y este es Sumi, nuestro bebé.

—¡Hola! —tuvo que gritar Nelly, y enseguida recordó lo de ponerse de puntillas.

Soar se hizo a un lado para dejar sitio a su esposa. Las escamas de la cabeza de Rise eran de color verde esmeralda, y sus tacones de color cereza refulgían. Llevaba en brazos al pequeño Sumi, que lloraba y gritaba como un poseso.

A Nelly le sorprendió que, nada más entrar en la casa (siempre de puntillas), le pasaran directamente al pequeño Altigator.

—Aquí lo tienes, Nelly —le dijo Rise, poniéndoselo en los brazos—. No tardaremos nada.

Rise y Soar se dieron la mano, cogieron aire, salieron al pasillo, fueron hacia la escalera del rellano, contaron hasta tres con los dedos…, y eso fue todo, porque enseguida corrieron de vuelta a casa.

—Ya cojo yo a Sumi —le dijo Rise a Nelly—. ¿Puedes volver mañana a la misma hora?

Y los Altigator entraron en casa y cerraron la puerta.

Nelly se quedó boquiabierta. ¡Había batido el récord de niñera más rápida del mundo! Su padre no iba a creérselo. ¡No se lo creía ni ella!

—¿Te duelen los pies? —le preguntó su padre cuando volvió al coche.

Nelly se dio cuenta de que aún seguía andando de puntillas.

Esa noche, durante la cena, Nelly no paró de darle vueltas a su encuentro con los Altigator.

—A lo mejor a esos monstruos no les ha gustado la pinta que tienes —se burló Asti, su hermana gemela—. Igual han pensado: «¡Arggg, qué horror! ¡Vaya humana tan espantosamente fea! No podemos soportarla ni un minuto, ¡y menos aún dos!».

—Y si no les he gustado, ¿entonces por qué me han pedido que vuelva mañana? —replicó Nelly.

l día siguiente llovía, y fue la madre de Nelly quien hizo de taxista.

—Me parece que esos monstruos tienen mucha cara al pedirte que vayas a su casa para solo dos minutos... —dijo nada más arrancar el coche.

—Tres. Hoy espero que sean tres minutos, mamá.

—¿Y cómo son los Altigator?

—Se parecen a los cocodrilos, solo que sin cola y con un solo ojo —Nelly prefirió ahorrarle a su madre el detalle de los zapatones con plataforma y los tacones de color cereza.

Por fin llegaron a Torre Pastelito.

—¡Gracias, mamá! Vuelvo en siete minutos.

«¡Menos mal que no vivimos aquí!», pensó la madre de Nelly al ver el horrible edificio.

No había ni rastro de los compañeros de clase que Nelly había saludado el día anterior, pero otros chicos mayores desafiaban a la lluvia sentados en un murete cerca de la entrada.

Al pasar junto a ellos la taladraron con la mirada, y cuando pulsó el botón del 25-A, empezaron a soltar risotadas.

«Buf, menos mal que no vivo aquí», pensó.

Mientras esperaba a que los Altigator le abrieran, al otro lado de la puerta del edificio aparecieron Connor y Susan, dos de sus compañeros de clase, y la dejaron pasar.

—¡Ya me han abierto, muchas gracias! —anunció Nelly a Soar a través del telefonillo—. ¡Subo!

Soar respondió que la esperaban arriba, como el día anterior.

—¿Qué haces tú por aquí, Nelly? —le preguntó Susan.

—Vengo a ver a unos amigos, en el último piso.

—Mola tu jersey —dijo Connor.

—Gracias —respondió Nelly, que no podía entretenerse mucho.

Susan y Connor iban con otros amigos que Nelly no conocía, algunos bastante pequeños.

—¿Te han dicho algo esos macarras de ahí fuera? —le preguntó Susan.

—No, ¿por?

—Siempre están molestando a todo el mundo... —dijo Connor—. Se creen los jefes del barrio.

—Es que lo son —matizó Susan.

Nelly miró el reloj, nerviosa. Ya eran las seis. Los Altigator estarían esperándola.

—Perdonadme, pero tengo que subir ya mismo a ver a mis amigos.

30

»Bajaré enseguida, ¿vale? Dadme cinco minutos y luego me contáis todo lo de los macarras esos.

Al salir del ascensor, vio que los Altigator habían salido a recibirla al pasillo. Del interior de la casa salía música rock a todo volumen. Soar tuvo que gritar para hacerse oír:

—¡Buenas y altas tardes otra vez, Nelly! ¡Gracias por venir!

—¡Sentimos que tengas que hacer un camino tan largo para una visita tan corta! —gritó Rise.

Nelly sonrió, quitándole importancia a lo rarita que era aquella monstruosa familia.

—Y ahora, ¿pasamos a la fase número dos, querida? —preguntó Soar.

Rise asintió, nerviosa, acarició cariñosamente a Sumi y *se lo pasó* a Nelly, que *se fijó* en las enormes encías del bebé Altigator. Aún tenían que salirle los dientes.

—Nelly, ¿podrías sostener a Sumi ahí mismo, en la puerta de casa? —le pidió Rise—. Y mejor si te das la vuelta... No queremos asustar al pequeñín con nuestras tonterías.

Nelly fue de puntillas hacia la puerta con el *bebé* en brazos.

—Vamos, querida —dijo Soar, que parecía tan decidido como nervioso.

—Cuando tú digas, querido —respondió Rise.

Estaba claro que aquellos dos Altigator no querían que *su bebé* viera lo que estaban haciendo, pero eso no significaba que Nelly no pudiese mirar de reojo, ¿no?

Soar y Rise estaban cogidos de la mano frente a la escalera del rellano.

Primero contaron hasta tres y empezaron a hacerse gestos.

Luego contaron hasta cuatro y se miraron, indecisos.

Y después de contar hasta diez suspiraron, resignados.

—No hay forma —dijo Soar, arrastrando sus zapatones con plataforma hacia casa.

—No hay nada que hacer —añadió Rise, arrastrando sus tacones de color cereza tras su marido.

Sumi no paró de revolverse en brazos de Nelly hasta que se lo pasó de nuevo a su madre.

—¡Lo siento mucho, Nelly! —gritó Soar por encima de la música rock—.

¡Ya no volveremos a llamarte más! ¡Adiós!

—¿Y qué pasa con la fase número tres? —preguntó Nelly, que ni siquiera tenía muy claro cuáles habían sido las fases uno y dos.

Rise entró en la casa con Sumi en brazos.

—¡No habrá fase tres, lo siento! —gritó—. ¡Gracias por venir, Nelly! ¡Adiós!

Antes de que Nelly pudiera seguir preguntando, la puerta del 25-A se cerró.

Su trabajo como niñera había acabado, y estaba aún más confusa que el día anterior.

Mientras llamaba al ascensor, Nelly sintió como si les hubiese fallado a los Altigator, y antes de llegar a la planta baja ya había tomado una decisión:

—¡Volveré!

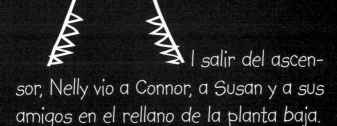

l salir del ascensor, Nelly vio a Connor, a Susan y a sus amigos en el rellano de la planta baja.

—¿Todavía llueve? —les preguntó, suponiendo que estaban allí dentro por eso.

—No, pero hay seis macarras sentados ahí fuera —respondió Connor.

—No saldremos hasta que se vayan —dijo Susan, y los demás asintieron.

Nelly frunció el ceño y fue a echarles un ojo a los macarras a través del cristal de la puerta de entrada a la torre.

—El que está en medio de todos es SyKo —le explicó Connor—. Si te cruzas con él, malo, y si no, peor.

Nelly pegó la nariz al cristal de la puerta. Ahí fuera estaba su madre, esperándola.

—Y ese otro macarra de ahí es Ben —añadió Connor—, que está casi tan loco como SyKo.

—¡Cómo me alegro de que no vivan en la misma planta que yo! —dijo Susan.

De pronto, Nelly se sintió increíblemente afortunada por vivir en un sitio donde no había macarras, ni grafitis, ni olor a pis.

—Me tengo que ir ya —se disculpó—. Mi madre me está esperando.

—Nos vemos mañana en el colegio —se despidió alegremente Susan.

—Sí, claro —respondió Nelly mientras abría la puerta.

—Y si esos tíos te dicen algo, tú, ni caso —le advirtió Connor.

—Vale —dijo Nelly, y por si las moscas, fue a todo correr hacia el coche.

—¿Qué tal con los Altigator? —le preguntó su madre mientras arrancaba.

—Mejor no preguntes... —respondió Nelly—. Aunque quisiera, ¡no sabría explicártelo!

CAPÍTULO 6

sa noche, Nelly ideó un plan. No iba a esperar a que los Altigator volvieran a llamarla. ¡Los llamaría ella misma!

El teléfono comenzó a dar señal, pero sonaron ocho bips y nadie contestó. Ya estaba a punto de colgar cuando alguien gritó al otro lado de la línea:

—¡HOLA! ¿QUIÉN ES? ¡HABLE ALTO, MUY ALTO!

Era Soar intentando hacerse oír por encima de la música rock.

—¡HOLA, SOAR! ¡SOY NELLY! ¿PODRÍAS BAJAR LA MÚSICA?

—¿PERDÓN?

—¡QUE SI PUEDES BAJAR LA MÚSICA!

—¡NO!

Aquella no era la respuesta que Nelly esperaba, así que volvió a intentarlo:

—¡NO TE OIGO BIEN, SOAR!

—¡HABLA MÁS ALTO, NELLY! ¡NO TE OIGO BIEN!

Hubo un silencio, se oyó un portazo y, por fin, el volumen de la música bajó.

—Perdona que haya tardado tanto en contestar, Nelly —dijo Soar—. Con la música, no oí el teléfono.

—No pasa nada, Soar. ¡Al menos ahora ya nos oímos!

—Es que estoy en el rellano, junto al ascensor. Aquí hay más tranquilidad.

Nelly se rascó la cabeza. Los Altigator eran raros de verdad.

—Dime, Nelly, ¿qué puedo hacer por ti? —preguntó Soar.

—Soy yo la que quiere hacer algo por vosotros —respondió ella—. Quiero cuidar a vuestro *bebé*, pero más de dos minutos.

—Muchas gracias, Nelly, pero no hará falta. Rise y yo ya hemos hecho todo lo posible...

—¿Todo lo posible para qué, exactamente?

—Para quitarnos el miedo.

—¿Miedo a qué, Soar? —preguntó Nelly con toda la delicadeza que pudo.

Hubo un incómodo silencio y, por fin, Soar respondió muy abatido:

—A los Altigator nos aterran las profundidades. No soportamos las bajuras. Por eso vivimos tan arriba, en un ático.

LOS ALTIGATOR

Nelly se quedó boquiabierta.

¿Cómo unos monstruos tan monstruosos como aquellos podían tener miedo a algo?

Y entonces empezó a atar cabos: «Los *Altigator* viven en lo más *alto* de su edificio y siempre tienen la música *altísima*... A Soar casi le da un ataque cuando dije "tra*bajo*", quería que me presentara con tacones o que fuese de puntillas, y siempre saluda diciendo "*altas* tardes"»...

Todo empezaba a tener sentido. Un sentido muy raro, pero sentido al fin y al cabo.

—Si no te molesta que te lo pregunte, Soar, ¿en qué consiste el miedo a las profundidades?

—No somos capaces de mirar ni de ir hacia lo contrario de «arriba». Ni por las escaleras ni en ascensor.

—¿Cómo? ¿Nunca, jamás? —se extrañó Nelly.

—Nunca, jamás.

—Entonces, cuando fui a veros la primera vez...

—Aquella fue la fase uno —explicó Soar—. Consistía en reunir el valor suficiente para mirar por el hueco de la escalera hacia..., bueno, hacia ya-sabes-dónde.

—¡Pero lo conseguisteis! —replicó Nelly—. ¡Los dos lograsteis mirar hacia... ahí!

—Lo sé, lo sé —dijo Soar—. Llevábamos semanas practicando en el salón. Pero entonces llegó la fase dos, que consistía en *baj*...ya-sabes-qué el primer peldaño...

«¿*Baj*...ya-sabes-qué?», pensó Nelly. «¿Se referirá a *bajar*?».

—Los Altigator no decimos esa palabra que empieza por *be*, ni tampoco la que empieza por a, ya *sabes*: *abaj*...y-lo-que-sigue —explicó Soar—. Por más que lo intentemos, Rise y yo no pudimos *baj*...-ya-sabes ese escalón. Así que ya no necesitaremos tus servicios, porque no pensamos *baj*...-ya-sabes jamás.

—Pero entonces..., ¿cómo coméis? ¿Cómo hacéis la compra? —preguntó Nelly.

—Nos la traen a casa. Nos traen todo lo que necesitamos.

—Soar, dejad que os ayude, por favor. Me gustaría volver a vuestra casa mañana. Seguro que puedo ayudaros a perder el miedo a *baj...*-ya-sabes. Casi ni he tenido tiempo de conocer a Sumi, y parece un *bebé* tan mono... Seguro que nos lo pasamos genial juntos. Y también me encantaría conocer un poco más a Rise. ¡Pooorfa, Soar, deja que vuelva mañana a vuestra casa!

Soar *se* quedó callado al otro lado del teléfono, pensando.

—Vamos, Soar, ¡un Altigator no puede rendirse tan pronto! —insistió Nelly.

—Me has convencido —dijo al final Soar—. ¡Nos vemos mañana a la misma hora!

—¡Y me quedaré más de dos minutos! —se echó a reír Nelly.

—¡Todo el tiempo que quieras! —fue la respuesta del Altigator.

l día siguiente, Nelly se despidió de su padre en Torre Pastelito:

—¡Vuelvo dentro de una hora!

Su padre le guiñó un ojo y dio marcha atrás.

Nelly se quedó un rato con sus amigos del colegio.

—La familia de Syko vive en el piso número 24 —le contó Susan.

—Y la de Ben, en la planta 9 —dijo Connor.

—Todos han estado en la cárcel, incluso las abuelas —susurró Susan—. Van por ahí escupiendo y diciendo tacos... Se meten con la gente, y hacen grafitis, y rompen cosas.

—Si no fuera por ellos, Torre Pastelito sería un sitio estupendo para vivir —dijo Connor.

—Bueno, no está tan mal —replicó Susan—. ¡Hay montones de escaleras donde jugar!

Al oír la palabra «escaleras», Nelly se acordó de los Altigator.

—Luego os veo, ¿vale? —dijo—. Ahora tengo que ir a casa de mis amigos.

—¡Claro! —dijo Susan—. Estaremos por aquí, a menos que vengan quienes-tú-ya-sabes...

Nelly miró a su alrededor. No había ni rastro de Syko o de Ben.

—¡Nos vemos dentro de un rato, chicos! —dijo, y corrió a llamar al 25-A.

Al momento, Soar le respondió con voz alegre y la invitó a subir.

Nada más empujar la puerta, los grafitis y la pestecilla a pis dieron la bienvenida a Nelly.

—¡Arriba! —dijo mientras pulsaba el botón del ascensor.

Esperó un momento... y luego volvió a pulsar. Pero nada. El ascensor no funcionaba.

¡Tendría que subir los veinticinco pisos andando!

Nelly fue hacia las escaleras. El olor a pis era aún peor al subir los primeros peldaños. Por suerte, fue a menos cuando llegó al primer rellano.

—Uno —contó—. ¡Ya solo me quedan veinticuatro plantas!

Peldaño a peldaño, piso a piso, siguió subiendo por la escalera. Y todo iba bien... hasta que llegó al séptimo. Ya empezaba a subir hacia el octavo cuando escuchó unas pisadas, y gritos, y escupitajos, y palabrotas y, si no había oído mal, un espray de pintura.

Nelly se preparó mentalmente para un encuentro indeseable.

Lo primero que vio al girar en el rellano fueron las botas de macarra de Syko.

Nelly retrocedió. Sus sospechas se confirmaban. Siete u ocho pares de botas aparecieron detrás. ¿Qué podía hacer? Bajar no serviría de nada, así que decidió quedarse quieta.

Uno a uno, fueron llegando todos los de la pandilla, y en cuanto vieron a Nelly detuvieron la marcha.

—¿Tú qué miras, enana? —preguntó una enorme bocaza.

Desafiante, Nelly clavó los ojos en Ben y respondió:

—Nada.

—¿Qué haces en nuestras escaleras? —preguntó Syko.

—No son vuestras —replicó Nelly—. Son de Torre Pastelito.

—Ah, ¿sí, listilla? ¡Pues resulta que Torre Pastelito es nuestra! —dijo Syko, pegando su nariz a la de Nelly—. Si quieres seguir respirando, más te vale contestar: ¿Adónde vas?

Nelly tosió a propósito para obligar a Syko a apartar la cara y respondió:

—Voy a visitar a unos amigos. Viven en el último piso.

Hubo un murmullo de sorpresa.

—¿Los raros? —preguntó Ben, y Syko y los otros soltaron unas risotadas.

—¿Qué? ¿Les decoramos las paredes de su planta otra vez? —dijo uno de ellos, agitando un espray de pintura.

LOS ALTIGATOR

—No pienso subir hasta ahí andando —gruñó Ben—. Además, esos raros siempre vuelven a pintar encima.

Nelly sonrió disimuladamente. ¡Bien por los Altigator!

—Espera —dijo de pronto Syko, cortándole el paso—. Si vas a ver a los raros, es que tú también eres rarita.

—¡Eso! —intervino Ben—. ¿Por qué pone «SARDINA» en tu jersey?

—Porque me gusta —contestó Nelly.

—¡PUES A MÍ NO! —gritó Syko—. ¿Y sabes qué? ¡TÚ TAMPOCO ME GUSTAS!

—Ni tú a mí, no creas —replicó Nelly, esquivando a Syko para seguir escaleras arriba.

—Dejad que se vaya —refunfuñó Ben.

—Sí, que se vaya la rara —gruñó Syko.

Nelly empezó a subir escalones de dos en dos... con el corazón a mil por hora.

or suerte, en el piso 25, a Nelly
speraba algo mejor: Soar y Rise
an relajado su política de ir de
illas y dejaron que Nelly anduviese
orma normal.

la se lo agradeció, agotada, y los
ó al interior de la casa, donde la
ica rock sonaba a todo volumen.

-Sumi está durmiendo en su cuna
avisó Rise.

—¡Oh, no! ¡Acaba de despertarse! —exclamó Soar, y al momento fue a cogerlo en brazos.

«No me extraña que se despierte con esa música a toda castaña», pensó Nelly.

Entonces se fijó en el piso de los Altigator. Los techos eran altos, las sillas eran altas... Un único estante todo lleno de pajaritos de porcelana recorría el salón a una altura imposible de alcanzar. Pero ni rastro de los altavoces que hacían sonar la música rock a todo trapo.

—¡PONTE ALTA, POR FAVOR! ¡SIÉNTETE COMO EN CASA! —le gritó Soar para hacerse oír.

—¡GRACIAS! ¿PERO NO SERÍA MEJOR QUE SALIÉRAMOS A

HABLAR AL RELLANO, QUE ESTÁ MÁS SILENCIOSO? —preguntó Nelly.

—¡BUENA IDEA! —chilló Rise.

Sumi tenía los ojos cerrados y chupaba tranquilamente una de las garras de su madre.

—Se dormirá en un segundo —dijo Rise, balanceándose sobre sus tacones de color cereza para mecerlo.

—Bien. En cuanto esté dormido, repetiremos la fase dos —propuso Nelly.

Soar y Rise respiraron hondo y dijeron a la vez:

—Muy bien.

—Lo primero que tenéis que hacer es pensar en algo bonito —continuó

Nelly, cogiéndolos de la mano—. Pensad en lo más maravilloso que se os ocurra.

—¿Y podemos decirlo en voz alta? —preguntó Soar.

—Si queréis...

—Un viaje en globo por el espacio —dijo Soar.

—Un viaje en globo por el espacio... por encima del globo de Soar —dijo Rise.

—Muy bien. Con eso bastará —sonrió Nelly—. Ahora cerrad los ojos, seguid pensando en esas cosas bonitas y, cuando cuente cinco, quiero que vengáis conmigo hasta la escalera. No os preocupéis, prometo no llevaros más allá.

Soar y Rise cerraron los ojos y Nelly empezó a contar, pero cuando iba por «dos» tuvo que parar.

—¡No me apretéis tanto las manos! ¡Me las vais a romper! —gritó.

—Lo siento, Nelly —dijo Rise—. Estoy un poco nerviosa.

—Y yo —reconoció Soar.

Los Altigator dejaron de apretar tanto las manos de Nelly y ella siguió contando:

—Tres... Cuatro... ¡Ay, que me estáis apretando otra vez!

—Perdón.

—Perdón.

—¡... No apretéis tanto...! ¡Cinco!

Los Altigator relajaron un poco la presión y esperaron, muy nerviosos.

Entonces Nelly dio un paso adelante, pero al instante se vio catapultada hacia atrás.

Soar y Rise tenían los brazos tiesos como postes, y sus zapatos altos parecían soldados al suelo.

—¡Venga! —los animó—. Esta es la parte fácil. ¡Ya lo habéis hecho antes!

Soar abrió su único ojo y lo cerró de golpe nada más ver la escalera.

—Cuenta otra vez hasta cinco, Nelly —le pidió Rise.

—Si prometéis no estrujarme las manos.

—Lo prometemos.

Nelly contó hasta cinco sin apretones y dieron un paso adelante.

—¿Lo veis? ¡Podéis hacerlo! —exclamó Nelly—. Y ahora, seguid andando despacito.

Los Altigator se lo pensaron un momento, pero Nelly tiró de ellos y por fin avanzaron hacia la escalera.

—¡Genial! Y ahora, antes de que abráis los ojos, quiero que inclinéis las cabezas hacia ya-sabéis-dónde.

Los Altigator sintieron un escalofrío, pero poco a poco inclinaron las cabezas.

—Y ahora, abrid los ojos.

Los Altigator abrieron cada uno su ojo... y Nelly cerró los suyos.

—¡OTRA VEZ ME ESTÁIS ESTRUJANDOOOO! —gritó.

—¡NO LO PUEDO EVITAR! ¡NO LO PUEDO EVITAR! —gritó Rise.

—¡ES SOLO UN PELDAÑO! ¡ES SOLO UN PELDAÑO! —chilló Soar.

—¡VOLVED A CERRAR LOS OJOS! ¡VOLVED A CERRAR LOS OJOS!

—aulló Nelly, con lágrimas de dolor corriéndole por las mejillas.

Cada Altigator dejó caer su único párpado y aflojaron la presión sobre las manos de Nelly, que movió los dedos para comprobar que no le habían roto algún hueso.

—Después de haber llegado hasta aquí, tenéis que seguir. Preparaos... ¡Y NADA DE ESTRUJAR!

—Lo siento. He sido yo —dijo Rise.

—No, habéis sido los dos —replicó Nelly—. Bueno, a la de tres, vamos a dar un paso adelante y después a baj...-ya-sabéis un peldaño, pero quiero que, mientras baj...-ya-sabéis, os imaginéis que estáis subiendo en vuestros maravillosos globos. Podéis hacerlo, de verdad. Sumi no va a pasarse toda la tarde durmiendo. Es vuestra oportunidad.

Rise apretó los puños, decidida.

—¡Sí! —exclamó Soar—. ¡Tenemos que hacerlo!

Nelly contó hasta tres... y se tambaleó, medio rebotada hacia arriba, medio impulsada hacia abajo. Soar había bajado el peldaño, pero Rise seguía plantada en lo alto de la escalera.

—¡No puedo hacerlo! —gimió, y salió corriendo hacia su casa—. ¡Está tan profundo...!

Soar seguía plantado en su escalón, muy orgulloso de sí mismo.

—¡Muy bien! —le felicitó Nelly—. Te dije que lo conseguirías. ¡Y ahora, el siguiente peldaño!

A Soar se le hinchó una vena morada a la altura del cuello.

—Estooo... Creo que no, Nelly —dijo, subiendo otra vez el escalón—. Me parece que ya he tenido suficientes emociones por hoy.

Nelly sonrió.

—Vale. Dejaremos la fase tres para mañana.

—¿A la misma hora? —preguntó Soar.

—Mañana es sábado. ¿Y si quedamos por la mañana? ¿Qué tal a las doce?

—Perfecto. A las doce.

—¡Igual llego un poco más tarde si el ascensor sigue estropeado! —bromeó Nelly, y empezó a bajar las escaleras a saltitos.

Pasó con mucha cautela por el octavo piso, pero por suerte no había ni rastro de Syko o de Ben, y tampoco se cruzó con nadie hasta llegar al portal.

Nelly miró el reloj.

Le quedaban veinte minutos de espera antes de que llegase su madre. ¿Qué podía hacer: esperar en el portal o ir a su encuentro?

—¡Eh, tú, sardina! —oyó que le gritaban desde el otro lado de la calle.

Eran Syko y compañía, y la habían localizado.

Al momento, Nelly decidió que mejor echaba a andar al encuentro de su madre.

a estaba cerca de la rotonda
o el coche que llegaba por la

é tal te ha ido? —le preguntó
e.

! ¡Muy bien!

daron en llegar a casa, pero
enas había tenido tiempo de
una estrategia para la fase

tres cuando tuvo que hacer frente a otra delicada situación: berenjenas recalentadas.

—¡Que aproveche! —le dijo su hermana Asti con una risita—. ¡Papá y yo hemos comido filete!

Nelly resistió como pudo la tentación de ponerle de sombrero la fuente de berenjenas.

Decepcionada por no haber fastidiado más a su hermana, Asti se subió a su cuarto.

Nelly se sirvió berenjenas, cerró los ojos, respiró hondo y se llevó el tenedor a la boca.

—¿Qué pasa? ¿No están buenas? —le preguntó su madre.

—¡Qué va, están riquísimas! Es que... ya he comido en casa de los Altigator, ¿sabes?

—¿Y por qué no lo has dicho antes? —preguntó su madre mientras guardaba las berenjenas para el día siguiente.

—Lo siento, mamá. Se me olvidó.

Esa noche, con las tripas rugiéndole de hambre, Nelly se asomó a la ventana de su cuarto.

A lo lejos se divisaba Torre Pastelito, y eso le hizo pensar de nuevo en los Altigator.

Aquel día habían avanzado bastante con su problema, pero aún quedaba mucho por hacer.

—Mañana, ¡fase tres! —se animó a sí misma.

CAPÍTULO 10

l día siguiente, su padre llevó a Nelly hasta Torre Pastelito.

—¿A qué hora quieres que te recoja?

—A la una, por favor —respondió Nelly, y se despidió con un beso.

El portal estaba abierto. Sus amigos la habían visto llegar y fueron a su encuentro. La primera en salir fue

Susan, seguida de un grupo de chicos, y el último fue Connor, que iba cabizbajo y con las manos en los bolsillos.

—Hola, Nelly, ¿qué tal? —la saludó Susan.

—¡Genial, gracias! ¿Todo bien, Connor?

El chico, que seguía con la cabeza baja, respondió con un gruñido.

—Enséñaselo, Connor —dijo Susan.

Poco a poco, Connor levantó la cara. Tenía un ojo morado.

—¿Quién te ha hecho eso? —le preguntó Nelly, horrorizada.

—Syko —respondió por él Susan—. Los demás macarras sujetaron a Connor, y Syko le dio un puñetazo.

—¿Por qué? —preguntó Nelly.

—Para quitarle el móvil —explicó Susan.

—¿Y no se lo has contado a tus padres, Connor? ¡Los míos se habrían puesto como locos! —exclamó Nelly.

—Syko le dijo que, si les contaba algo a sus padres, les quemaría el coche —continuó Susan.

—No podemos permitirnos comprar otro coche —susurró Connor.

Nelly estaba a punto de explotar de rabia.

—¿Y la policía? —preguntó—. ¿Por qué no se lo contáis a la policía?

—La policía no se atreve a venir a Torre Pastelito —dijo Susan.

«Madre mía... Menos mal que no vivo aquí», pensó una vez más Nelly.

Miró a lo alto de la torre. Los Altigator la estaban esperando.

—Tengo que irme —dijo—. Pero no te preocupes, Connor. Si me cruzo con Syko o con Ben, tendrás de vuelta tu móvil.

Connor sonrió y Nelly entró en el portal, decidida a enfrentarse a Syko, a Ben y a todos los demás macarras juntos. ¡No aguantaba a la gente que abusa de los demás!

En el portal no había ni rastro de matones, ni en toda la planta baja, ni en el arranque de las escaleras (lo que era una buena noticia, porque el ascensor seguía sin funcionar).

—Veinticinco pisos, ¡allá voy! —suspiró Nelly.

Cuando llegó a la última planta, Soar la estaba esperando y Rise pintaba las paredes del rellano con una garra mientras sujetaba a Sumi con la otra.

—Esos gamberros han hecho más grafitis —Soar había esperado a que Nelly subiese del todo para contárselo sin tener que mirar hacia abajo.

Nelly contempló el trabajo de Rise. Por debajo de la pintura de color crudo aún se podía leer una pintada que decía: «AKÍ BIBEN LOS RRAROS».

—No entiendo por qué lo hacen —dijo Rise, meciendo tiernamente a su hijito con el brazo que le quedaba libre—. Voy a darle de comer a Sumi.

Cuando se seque la pintura, ya le daré otra capa. ¿Quieres un sándwich, Nelly? Tengo quesitos en la nevera.

—No, gracias —respondió Nelly con una sonrisa. ¿Quesitos? ¡Era lo último que esperaba encontrar en casa de unos Altigator!

Rise entró en casa, de la que salía el habitual rock a todo volumen, y cerró la puerta tras ella.

—Nelly... —dijo entonces Soar—. Nunca le he pedido un favor a nadie, pero necesito que me ayudes.

Estaba a punto de rendirse. Se podía leer la angustia en su ojo de color naranja.

—Tienes que ayudarme a superar mi miedo a las profundidades, Nelly.

—Muy bien —dijo ella mientras le cogía de la mano—. Ahora recuerda lo que te dije ayer. Cierra los ojos (perdón, el ojo) y piensa en algo bonito.

Soar cerró su enorme ojo, le apretó la mano y dio un paso hacia el borde de la escalera.

—Bien —continuó Nelly—. Y ahora, uno, dos, tres...

Y bajaron un peldaño.

Soar abrió un poco el ojo.

—¿Lo he hecho? —preguntó.

Estaba tan nervioso que ni siquiera se atrevía a mirar del todo.

—¡Lo has hecho, Soar! ¿A que no ha sido tan difícil?

—Sí, bueno, creo que ya es hora de comer... —respondió él, girándose hacia atrás.

—No tan deprisa, amigo —replicó Nelly—. Aún no hemos llegado a la fase tres.

—Ya lo haremos mañana —propuso Soar, mirando hacia el techo.

—No, ¡AHORA MISMO! —ordenó Nelly—. ¡Vamos, Soar, tú puedes!

En ese momento, los sonidos de la música rock y del llanto de un bebé inundaron el rellano. Rise había abierto la puerta:

—¡YA ESTÁN LOS SÁNDWICHES!

—Puedo hacerlo, PUEDO hacerlo... —murmuró Soar, apretando la mano de Nelly como si fuese un torniquete, y ella prefirió sufrirlo en silencio para no fastidiarle la concentración.

Soar avanzó el pie hasta el borde del peldaño, después lo levantó... y el pie se quedó como congelado en el aire.

—Tú puedes... —lo animó Nelly.

Soar tanteó el aire con el pie, la suela de su zapatón aterrizó pesadamente en el peldaño y el Altigator abrió su único ojo.

—¡Lo he conseguido! —exclamó, bajando el otro pie ya con más seguridad—. ¡He baj...y-lo-que-sigue dos peldaños! ¡Mira, Rise, DOS PELDAÑOS! ¡Puedo hacerlo!

Rise fue hacia la escalera con Sumi sujeto en una garra y con una bandeja de sándwiches en la otra.

—Me lo creo, me lo creo, querido —dijo, incapaz de mirar hacia abajo.

—¿Listo para la fase cuatro, Soar? —le preguntó Nelly.

—¡Para nada! —respondió él, que subió de nuevo a lo alto del rellano y cogió un sándwich de la bandeja de Rise—. Es mejor no precipitarse, Nelly.

Ella suspiró y subió con él. A ese paso, para cuando lograra que Soar bajase hasta la calle, ¡ya sería una anciana!

—¿Cuántas fases quedan para llegar al piso 24? —le preguntó Soar con la boca llena.

—Hay dos tramos de diez peldaños cada uno, veinte en total. Eso nos da quinientos peldaños para llegar a la planta de abajo.

Soar dejó de masticar al instante.

—Claro, que siempre puedes bajar en ascensor... —dijo Nelly.

—De eso nada. ¡Los ascensores son para ascender! Si no, se llamarían «descensores» —replicó Soar.

Nelly dio por finalizada su labor de ese día y rechazó amablemente la invitación a entrar en la ruidosa casa de los Atigator. No sabía si sus oídos podrían soportar tantos decibelios roqueros. Además, si se iba ya, quizá aún tuviese tiempo de pasar un rato con Susan y Connor antes de volver a casa.

CAPÍTULO II

ada más salir del portal,
lly notó que pasaba algo raro.

Había un grupo de adultos en el
arcamiento, y estaban dándose de
tas.

Nelly se pegó a la pared del edi-
o y se alejó discretamente del
ón. A los pocos metros se encon-
a Susan, Connor y a sus amigos.
habían subido a unos contenedores

95

para observar mejor la bronca de los mayores.

Con la ayuda de Connor, Nelly trepó también a uno de los contenedores.

—¿Qué pasa? —preguntó en un susurro.

—Están peleándose por un coche —le explicó Connor en voz baja—. El padre de Syko, que es ese hombre de los tatuajes, se lo vendió a ese otro hombre de ahí, el de la camiseta blanca, que se lo ha devuelto porque no funcionaba bien.

—¿Y cuál de todos es el padre de Ben? —preguntó Nelly.

—El que está en el suelo, peleándose con ese otro hombre —contestó Susan.

—Vaya... ¿Y esto pasa muy a menudo? —siguió preguntando Nelly.

—Unas dos o tres veces a la semana —fue la respuesta de Susan.

—Les encanta pelear... ¡A toda la familia! —añadió Connor.

Dos impresionantes bolsazos lo confirmaron. Eran las madres de Syko y de Ben, que acababan de llegar de la compra.

Nelly suspiró. Era terrible que sus amigos tuvieran que ver cosas así casi a diario. Y aún se sintió peor cuando Syko, Ben y su pandilla macarra aparecieron de repente...

—Ver el espectáculo cuesta tres euros —dijo Ben.

—Y para ti, sardina, por no ser de aquí, serán cuatro euros —añadió Syko.

El resto de matones rodeó los contenedores donde estaban subidos Nelly y sus amigos.

—De eso nada —respondió Nelly, desafiante.

—¿Cómo dices, niñata? —rugió Syko—. ¡Acabáis de disfrutar de un bonito espectáculo, gentileza de nuestras familias, y lo habéis visto en primera fila!

—Por eso, ahora tenéis que pagar —dijo Ben.

—Eso ni lo soñéis —los desafió Nelly—. Y, por cierto, devolvednos AHORA MISMO el teléfono de mi amigo.

Muy nervioso, Connor le susurró:

—No pasa nada, Nelly. Déjalo.

—Sí que pasa, Connor. Ese teléfono es tuyo, no suyo. ¡Devolvédselo YA!

—Ay, sardinita, sardinita... Me parece que tú y yo vamos a tener problemas... —sonrió Syko—. Resulta que le he dado a mi padre el teléfono que ME ENCONTRÉ ayer. Igual te apetece ir a mi casa y pedirle que te lo devuelva...

«Pues no, no me apetece ni pizca», pensó Nelly desde lo alto del contenedor.

Los adultos peleones ya se habían dispersado, dejando libre una vía de escape. Lo único malo era el metro y pico que separaba del suelo a Nelly y sus amigos...

—Paga YA, sardina —le ordenó Syko, extendiendo la mano abierta.

—Olvídame —le respondió Nelly, dispuesta a defenderse desde lo alto del contenedor.

—¿No te parece que esos contenedores ya están muy llenos, Ben? —sonrió Syko, volviéndose hacia su colega.

—Pues sí. Y nuestro deber como ciudadanos es vaciarlos... —respondió Ben, encantado.

El grupo de macarras empezó a tirar de los contenedores para volcarlos mientras Nelly y sus amigos intentaban mantener el equilibrio.

Los más pequeños fueron los primeros en caer, y detrás fueron Susan y Connor. Pero Nelly, agarrada a la tapa del contenedor con todas sus fuerzas, se negaba a rendirse.

—¡Largaos! ¡Dejadme en paz ya! —gritaba—. ¡PAPÁ! ¡PAPÁ! ¡ESTOY AQUÍ!

Todos se volvieron a mirar. El padre de Nelly acababa de llegar con su coche.

Syko, Ben y compañía pusieron pies en polvorosa, no sin antes amenazar:

—¡Ya te pillaremos, sardina!

CAPÍTULO 12

A partir de ese momento, las visitas de Nelly a Torre Pastelito empezaron a parecerse al juego del gato y el ratón. Si alguna vez veía a lo lejos a Syko o a Ben, subía los 25 pisos a todo correr o esperaba a que los matones desaparecieran.

Puede que no fuese la actitud más valiente, pero desde luego era la más inteligente.

La buena noticia era que Soar ya había logrado bajar diez escalones él solito... ¡y con el ojo abierto!

—No sé cómo agradecértelo, Nelly.

—Podrías empezar con un sándwich de quesitos.

En el rellano de la planta 25, Nelly reconoció el inconfundible aroma a pintura.

—¿Habéis vuelto a pintar? —preguntó.

—Sí —suspiró Soar—. Esos gamberros volvieron a ensuciarlo todo ayer.

Nada más entrar en la casa de los Altigator, Nelly se tapó los oídos. La música rock seguía sonando a un volumen atronador. Hasta las paredes temblaban.

—¡ME PARECE QUE SUMI SE HA VUELTO A DESPERTAR! —gritó Rise, y echó a correr sobre sus tacones de color cereza—. ¿ME PUEDES TRAER UN CHUPETE, SOAR? NO CREO QUE SUMI QUIERA CHUPARME EL DEDO... ¡AÚN SABE A PINTURA!

Soar fue a buscar un chupete y Nelly se acercó al ventanal del salón con su sándwich de quesitos.

—¡MENUDAS VISTAS! —chilló—. ¡SON IMPRESIONANTES!

Soar se removió, incómodo, dentro de sus zapatos de plataforma:

—AH, ¿SÍ? PUES NO LO SABÍA. NUNCA HE MIRADO HACIA *ABAJ*...-YA-SABES.

—¿QUÉÉÉÉ? ¿ME ESTÁS DICIEN-DO QUE NUNCA HAS DISFRUTADO DE ESTAS VISTAS?

—LOS ALTIGATOR SIEMPRE MI-RAMOS HACIA ARRIBA, HACIA LAS NUBES.

—¡MÍRAME, SOAR! —le gritó Nelly, poniéndose las manos en las cade-ras—. ¡BAJA LA VISTA Y MÍRAME A LOS OJOS AHORA MISMO!

Poco a poco, Soar bajó la vista.

—Y AHORA, CUANDO CUENTE HASTA CINCO, VOY A ECHARME A UN LADO Y QUIERO QUE SIGAS MIRANDO UN MOMENTO HACIA ABAJO, ¿DE ACUERDO?

Soar asintió.

LOS ALTIGATOR

Nelly empezó a contar, pero cuando iba por «tres» se echó a un lado antes de que Soar tuviera tiempo de cerrar el ojo, y el Altigator se encontró contemplando aquellas fantásticas vistas.

—¡UAUUU! ¡ES INCREÍBLE! ¡MARAVILLOSO! —exclamó, admirado—. ¿QUÉ EDIFICIO ES ESE?

—EL ESTADIO DE FÚTBOL.

—¿Y AQUEL DE ALLÍ?

—UNA IGLESIA.

—¿Y ESE?

—¡AHÍ ES DONDE VIVO YO! —se echó a reír Nelly.

Soar se acercó un poco más al ventanal y miró directamente hacia abajo.

—¿Y ESO DE AHÍ?

—ESO ES EL APARCAMIENTO DE VUESTRO EDIFICIO. Y ESOS SON VUESTROS CONTENEDORES.

Soar no dejaba de mirar hacia abajo.

—¿SABES, NELLY? ¡ME PARECE QUE MAÑANA YA ESTARÉ PREPARADO PARA LA FASE VEINTE!

CAPÍTULO 13

La tarde siguiente, una
resa esperaba a Nelly en Torre
telito: ¡El ascensor volvía a funcio-

elly pulsó el botón del piso 25 y
ó el trayecto leyendo las últimas
edades en forma de grafitis: un tal
x que también «estubo akí»; el Ben
siempre, que ahora era «el rei del
rio», y cosas así.

—¡Bienvenida, Nelly! ¡Cuánto me alegro de verte! —exclamó Soar con los brazos abiertos.

—¿Listo para el gran día?

—¡Listo!

Rise estaba en el rellano y llevaba en brazos a Sumi, que no paraba de llorar.

—El pobre lleva toda la mañana así —explicó Soar.

—Necesita dormir —dijo Rise.

—¿Le estarán saliendo los dientes? —preguntó Nelly.

—Aún es pronto. Pero entra en casa, por favor —la invitó Rise.

La música rock sonaba más alta que nunca.

—¡SIÉNTATE! —le gritó Soar.

Nelly fue a subirse a un taburete, pero el retumbar de la música se lo impidió.

—CREO QUE MEJOR ME QUEDO DE PIE, ¡GRACIAS!

Sumi seguía berreando.

—NO ESTÁ FELIZ —gritó Soar, preocupado.

Nelly fue a intentar consolar a Sumi, pero de repente un ruido le llamó la atención. Las vibraciones de la música estaban haciendo temblar los pajaritos de porcelana de la estantería del salón, y uno a uno fueron estrellándose contra el suelo.

Rise se llevó las manos a la cabeza y se echó a llorar. Soar estaba a punto.

—¿NUNCA HABÉIS PENSADO EN BAJ...-YA-SABÉIS EL VOLUMEN DE LA MÚSICA? —gritó Nelly.

—MUCHAS VECES —respondió Soar.

—¿O EN QUITARLA DIRECTA-MENTE?

—MUCHAS VECES.

—¡PUES HACEDLO!

Soar cerró los puños, tensó los músculos y dijo:

—¡CLARO QUE LO HARÉ! ¡VOY A QUITAR LA MÚSICA AHORA MISMO!

Dio un rugido, se giró sobre sus zapatones con plataforma y salió de casa muy decidido.

Nelly, que no entendía nada, *se dispuso a seguirlo.*

—No, tú espera aquí —le pidió Soar, y desapareció escaleras abajo.

Muy pronto, desde el piso inferior llegó una voz muy conocida... y enfadada:

—¿QUERÉIS HACER EL FAVOR DE *BAJ...* REDUCIR UN POCO EL VOLUMEN DE ESA HORRIBLE MÚSICA? ¡ARRIBA HAY UN BEBÉ INTENTANDO DORMIR!

Alguien desenchufó de golpe un equipo de música, y Nelly *se* asomó a la ventana justo a tiempo de ver cómo el equipo en cuestión *salía* volando veinticuatro pisos hacia abajo, directo a los contenedores.

Lo que pasó después solo podría describirse como una mezcla del ataque de Godzilla con la Tercera Guerra Mundial, pero multiplicado por diez. Se oyó un CRASH, un PONG, un BUM y muchos gritos y chillidos, y al equipo de música fueron a hacerle compañía otros objetos variados hasta que, al final…, ¡se hizo el silencio! Un maravilloso y apacible silencio que solo se rompió con un nuevo grito de Soar:

—¡Y A VER SI PINTÁIS LAS PAREDES, QUE TENÉIS ESTO HECHO UN ASCO!

El Altigator volvió a casa, respiró hondo y dijo:

—Llevaba mucho tiempo queriendo hacer esto. ¡Gracias, Nelly! ¡Nunca lo habría conseguido sin ti!

LOS ALTIGATOR

Nelly se había quedado tan boquiabierta que le costó un rato recuperar el habla:

—¿Has tirado por la ventana las cosas de los vecinos, Soar?

—Sí. Y he amenazado con hacer lo mismo con toda la familia como vuelva a oír su música.

—¿Y qué te han dicho?

—El hombre ha intentado atizarme con una silla, y la mujer, con un bolso enorme.

Era increíble. ¡Soar se había enfrentado él solito a la familia de Syko!

—¡Sumi se ha dormido! —anunció Rise, feliz.

Todo eran buenas noticias.

Mientras ayudaba a recoger los pajaritos de porcelana rotos, Nelly preguntó a los Altigator:

—Y ahora, ¿me dejaréis cuidar a Sumi?

—¡Pues claro! ¡Estaremos encantados!

Nelly lanzó un *beso* hacia la cuna de Sumi y *se* despidió de Soar y Rise.

—Ahora os saludo desde el aparcamiento —dijo.

—Te estaremos mirando desde la ventana —y los dos la acompañaron hasta el ascensor.

—¿Seguro que no quieres probar a bajar en ascensor, Soar? —le preguntó Nelly—. ¡Es la forma más fácil!

—No, gracias. ¡Me quedo con las escaleras!

Nelly sonrió, entró en el ascensor y pulsó el botón de la planta baja.

24, 23, 22, 21, 20, 19, 18, 17, 16, 15, 14, 13, 12, 11, 10, 9...

¡El ascensor se paró en el noveno!

Nelly pulsó otra vez el botón de la planta baja, pero las puertas se abrieron... y se encontró con compañía. La peor compañía posible.

—Vaya, vaya... —soltó Ben nada más entrar en el ascensor—. Mirad quién está aquí, ¡nuestra amiga la sardina!

—¡Cuánto tiempo sin verte, sardinita! —sonrió Syko.

Y otros cuatro compinches se metieron también en el ascensor, obligando a Nelly a pegarse a la pared.

—Nosotros vamos... ¡pues a ninguna parte!, ¿y tú? —le preguntó Syko mientras pulsaba el botón de parada. Parecía que no se había enterado aún de lo que había pasado entre Soar y sus padres—. Me parece que tenemos un asunto pendiente, sardinita...

—Sí —gruñó Ben—. Nos debes cuatro euros.

—Más los intereses —añadió Syko.

—No llevo dinero encima, y aunque tuviese, no os lo daría —respondió Nelly.

Syko miró a Ben con una sonrisa de oreja a oreja:

—Oh, vaya... Pues si la sardinita no paga, ¡recibirá su CASTIGO!

Ben y sus compinches hicieron crujir los nudillos.

—¿Y cuál es la mejor manera de castigar a una sardina? —continuó Syko—. A ver, a ver... ¡Ya sé! ¡A las sardinas les encanta estar apretujadas en sus latas! ¡Ja, ja, ja!

Los seis matones se lanzaron contra ella.

—¡¡¡A DESPACHURRARLAAAAA!!! —gritó Ben.

—¡¡¡A MACHACARL... AAAAAAAH!! —gritó Syko.

Y es que la trampilla del techo del ascensor se había abierto de repente para dar paso a las gigantescas fauces de un Altigator.

Los seis matones se tiraron al suelo, muertos de miedo.

—¿QUÉ ESTÁ PASANDO AQUÍ? —rugió Soar.

—Nana...nada —tartamudeó Syko.

Soar volvió su enorme ojo hacia Nelly y le hizo un guiño.

—¿Y QUIÉN HA ESTADO LLENANDO TODO EL EDIFICIO DE PINTADAS ASQUEROSAS?

—¡Ellos! ¡Han sido ellos! —respondió Ben, señalando a los otros cuatro macarras.

—OS DOY VEINTICUATRO HORAS PARA QUE LO DEJÉIS COMPLETAMENTE LIMPIO, ¿ENTENDIDO?

LOS ALTIGATOR

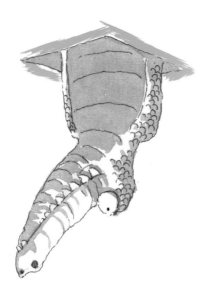

Soar pulsó tranquilamente el botón de la planta baja y, mientras el ascensor seguía su camino, terminó de colarse por la trampilla, agarró por el pescuezo a Syko y a Ben y los levantó a varios palmos del suelo.

Cuando tuvo a Syko a su altura, vio el parecido con sus padres y comentó:

—SI NO ME EQUIVOCO, CREO QUE YA LE HE PRESENTADO MIS RESPETOS A TU FAMILIA...

Syko se echó a temblar.

—PERO TÚ... —siguió Soar, acercando a Ben hacia sus fauces, como si fuera a utilizarlo de palillo de dientes—. CREO QUE AÚN NO HE TENIDO EL GUSTO DE CONOCER A LA TUYA. ¿EN QUÉ PISO VIVES?

—En el 9-A —balbuceó Ben.

—PUES, EN CUANTO ME DES-PIDA DE NELLY, TAMBIÉN VOY A IR A DECIRLES UN PAR DE COSILLAS A TUS PADRES, ¿ESTAMOS?

El ascensor llegó al bajo y el grupo de matones se preparó para salir.

—¡ALTO AHÍ! ¡MAÑANA QUIERO ESTE ASCENSOR LIMPIO COMO LOS CHORROS DEL ORO!, ¿ENTEN-DIDO? ¡ESTO NO ES UNA POCILGA! —rugió Soar.

Nadie se lo discutió.

Los seis macarras ya estaban a pun-to de evaporarse cuando Soar añadió:

—UNA COSITA MÁS, PILTRA-FILLAS: ¿VEIS A ESTA CHICA? —preguntó, señalando a Nelly—.

PUES RESULTA QUE ES MUY AMIGA MÍA, Y COMO ALGUNO DE VOSOTROS SE ATREVA A ROZARLE UN SOLO PELO...

—... *O el de alguno de mis amigos...* —añadió Nelly.

—... ¡OS ARREPENTIRÉIS, OS LO GARANTIZO! Y AHORA, ¡FUERA DE MI VISTA, PARÁSITOS!

Los seis matones salieron pitando y Nelly abrazó a Soar.

—¿Cómo supiste que tenía problemas?

—Cuando vi que no llegabas al aparcamiento, pensé que te habrías quedado encerrada en el ascensor.

—¡Pero si tú ODIAS los ascensores! ¡Te dan PÁNICO!

—A veces, uno tiene que superar sus miedos —sonrió Soar—: Y ahora me voy a hacer una visita al 9-A.

Nelly llegó a la calle justo a tiempo de ver cómo salía volando un *segundo* equipo de música.

Desde aquel día, Torre Pastelito dejó de ser lo que era.

Cuando Nelly volvió a ver a Susan y a Connor, los dos tenían sus teléfonos en los bolsillos y una sonrisa en la cara.

¡Y las familias de Ben y de Syko al completo estaban pintando las paredes de todo el edificio!

Si alguna vez vas a Torre Pastelito y necesitas ayuda, ¡coge el ascensor hasta el 25-A!

índice